AF457791

857 Chambre des Commissaires Priseurs
Envoi à la Bibliothèque Nationale.

1902. Mai
9

CATALOGUE

DES

MEUBLES ANCIENS ET OBJETS D'ART

D'ÉPOQUE ET DE STYLE

RENAISSANCE, LOUIS XV, LOUIS XVI

Bahut, Commodes, Guéridons, Tables, Consoles, Secrétaire
Lit Empire, Sièges, Piano, etc.

MEUBLE DE SALON DE L'ÉPOQUE L. XV

COMPOSÉ :

d'un canapé et de huit fauteuils recouvert de tapisseries

TABLEAUX, DESSINS, ESTAMPES

DES ÉCOLES ANGLAISE, FRANÇAISE ET HOLLANDAISE

BRONZES D'ART & D'AMEUBLEMENT

STATUETTES — MARBRES

Porcelaines, Faïences, Objets de vitrine

TAPISSERIE GOTHIQUE

Tapisseries anciennes

Dont la Vente aura lieu

HOTEL DROUOT, SALLE N° **11**

Les Vendredi 9 et Samedi 10 Mai 1902

A 2 HEURES

Me F. LAIR DUBREUIL COMMISSAIRE-PRISEUR Successeur de Me G. DUCHESNE *6, Rue de Hanovre*	**M. Ch. BELVAL** EXPERT *6, Rue Saint-Georges, 6*

EXPOSITION PUBLIQUE

Le mercredi 7 Mai 1902, de 1 h. 1/2 à 5 h. 1/2

RUE MILTON
PARIS

CONDITIONS DE LA VENTE

Elle sera faite au comptant.

Les acquéreurs paieront *dix pour cent* en sus du prix d'adjudication.

L'exposition permettant au public de se rendre compte de la nature et de l'état des objets, il ne sera admis aucune réclamation une fois l'adjudication prononcée.

DÉSIGNATION

PORCELAINES, FAIENCES

1 à 15 — Assiettes diverses en anciennes faïences de Delft, Rouen, Strasbourg, Nevers, etc. (A diviser).

16 — Assiettes en ancienne faïence de Strasbourg.

17 à 25 — Diverses pièces de forme en faïences anciennes et porcelaines. (A diviser.)

26 — Deux plateaux coupes rondes en verre de Venise ancien.

27 — Divers vases de formes variées en porcelaine et grès flambés de la Chine.

28 — Deux vases en grès flammé du Golte Juan.

29 — Flacon carré en verre gravé de mar guerites. Venise, XVIIe siècle.

30 — Deux verres-cornets en verre incolore, pied rond. Venise, XVIe siècle.

31 — Bassin à anse torse en verre incolore. Venise, XVIe siècle.

32 — Six verres anciens à bords dorés, dans leur écrin du temps.

33 — Deux verres anciens à sujets gravés et dorés. Epoque Louis XIV.

4 — Cruche ancienne en grès de Nassau.

35 — Tasse et soucoupe en ancienne porcelaine tendre de Sèvres décorée d'un groupe d'amours en grisaille, bouquets de fleurs en semis. Décor par Sinson. Sèvres, 1755.

36 — Tasse en ancienne porcelaine de Sèvres à décor de médaillon fleuri et

pointillé à l'œil de perdrix, et une tasse en ancienne faïence de Moustiers polychrome.

37 — Sucrier en forme de timbale en ancienne porcelaine tendre de Saint-Cloud.

38 — Six plaques pour meuble en porcelaine tendre décorée à fond bleu de Sèvres, or et bouquets.

39 — Potiche et couvercle en ancienne faïence de Delft polychrome.

40 — Commère en ancienne faïence de Marseille.

41 — Deux grands plats en porcelaine de Chine, décor à compartiments et fleurs.

42 — Vase de forme Louis XV en ancienne faïence de Delft, doré.

43 — Deux petits vases de forme Médicis en ancienne porcelaine de Paris, fond noir et fleurs. Ateliers de Jacob-Petit.

44 — Deux potiches en ancienne porcelaine de Chine à fond rouge, décor à personnages.

45 — Potiche en ancienne porcelaine de Chine à fond blanc et vert rehaussé d'or au grand feu.

46 — Deux hautes potiches en porcelaine de Chine à fond vert et or, réserve de fonds blancs décorés de personnages. Socles en bois d'Icory.

47 — Service de table en porcelaine de Meissen à décor bleu.

48 — Petite statuette de savoyarde en ancienne faïence de Niédervillers.

49 — Petite statuette de Savoyard. Ancienne faïence de Niédervillers.

50 — Statuette de joueur de vielle en terre de Lorraine par Cyflé.

OBJETS DE VITRINE

OBJETS VARIÉS

51 — Jeu d'échecs en ivoire sculpté, travail chinois.

52 — Boite a mouchoirs de l'époque Louis XIV en marqueterie de bois de couleur.

53 — Petit coffret à bijoux de l'époque Louis XIII.

54 — Six émaux anciens représentant des scènes de l'Eglise. xvie siècle.

55 — Petit christ en ivoire avec cadre en bois sculpté par Bagarre, de Nancy.

56 — Bonbonnière Louis XVI en vermil. Travail guilloché et pointillé.

57 — Deux salières Louis XVI, guirlandes et draperies, cristal bleu.

58 — Diverses pièces en plaqué, réchauds, plats, pièces de service (à diviser).

59 — Verseuses, pichets et brocs en étain ancien, vieux poinçons (à diviser).

60 — Deux salières et un moutardier de l'époque Louis XVI ; décor à guirlandes et médaillons, orfévrerie du temps.

61 — Cuillères à fruits en orfèvrerie d'argent, travail hollandais.

62 — Agraffes de manteau en argent travaillé.

63 — Broche de cou en argent, marcassittes et pierres de couleurs.

64 — Six bagues anciennes en argent, or, et émail.

65 — Trois Croix, anciennes décorations des époques Louis XVI et Louis XVIII.

66 — Reliquaire en cuivre émaillé à champs levés, motifs d'ornements de la Renaissance.

67 — Miniature sur ivoire : portrait de femme du temps de Louis XVI. Avec l'écrin en galuchat piqué d'argent.

68 — Petit Cartel de chevet en cuivre ciselé. Epoque Louis XVI.

69 — Petite Pendulette à cadran gravé et balancier circulaire. Modèle d'horlogerie de l'époque Louis XIV.

70 — Miniature sur ivoire : portrait de femme du temps de Louis XIV. Cadre en écaille ancien.

71 — Boite a Mouches en ivoire ornée d'une miniature de femme, cercle et charnières en or. Epoque Louis XV.

72 — Six Clés anciennes en fer ciselé de l'époque de la Renaissance. (A diviser).

73 — Couteau et Fourchette montés de manches en travail de certosine. Epoque de la Renaissance.

74 — Bonbonnière de forme carrée. Email de Saxe à sujets champêtres. Epoque Louis XV.

75 — Tabatière en forme de petit soulier. Email de Saxe à fleurs. Epoque Louis XV.

76 — CABINET espagnol dit barguino en en bois marqueté à filets de cuivres plaqué d'écaille et orné de cabochons. Espagne XVIe siècle.

77 — OBJETS DE VITRINE variés (à diviser).

78 — TROIS STATUETTES en bronze, modèles d'éditions présentant la Vénus de Milo, un coq et un gladiateur (à diviser).

TABLEAUX

YON (EDMOND)

79 — *Les Laveuses. Paysage à Longpré.*

REABURN (HENRY)

Ecole anglaise 1756-1823

80 — *Portrait de Lord I. H. W. Hammilton.*

Toile. Haut. 0m60: Larg. : 0m48.

LEPRINCE (Genre de J.-B.)

Ecole française XVIIIe siècle

81 — *Diane et ses nymphes.*

MASCART

Ecole française XIXe siècle

82 — *Danseuse orientale.*

JONGKIND (Attribué à)

83 — *Marine, effet de nuit.*

Tòile. Haut. : 0m45. Larg. : 0m36.

F. BONVIN

Ecole française XIXe siècle.

84 — *Intérieur d'artiste.*

Toile. Haut. : 0m22. Larg. : 0m32.

TOULMOUCHE

Ecole française XIVe siècle

85 — *La Femme au mouchoir.*

Toile. Haut. : 0m45. Larg. : 0m32

INCONNU

86 — *Portrait d'un chevalier.*

INCONNU

Ecole française XVIIe siècle

87 — *Priam devant Achille.*

Chev. BREYDEL (Attribué à)

88 — *Bataille.*

Toile. Haut. : 0^m45. Larg. : 0^m55.

LAIRESSE (Ecole de GÉRARD)

89 — *La Résurrection du Christ.*

Toile. Haut. : 0^m55. Larg. : 0^m70.

INCONNU

Ecole Hollandaise

90 — *Paysage.*

INCONNU

Ecole flamande

91 — *Sujet mythologique.*

INCONNU

(Ecole Française)

92 — *La Chasse.*

LINGELBACH

93 — *Port d'Orient.*

FYT (J.)

94 — *Projet primitif d'un de ses tableaux.*

ÉCOLE ANGLAISE
(Fin du XVIIIe siècle)

95 — *Beau portrait de femme.*

Vue à mi-corps et coiffée d'un grand chapeau bergère.

Cadre ancien en bois sculpté.

96 à 106 — TABLEAUX divers de l'Ecole française du XVIIIe siècle et de l'Ecole de 1830. (A diviser.)

107 à 114 — ESTAMPES ANCIENNES. (A diviser.)

115 à 125 — DESSINS ANCIENS de l'Ecole française du XVIIIe siècle. (A diviser.)

SCULPTURES, MARBRES

126 — BUSTE DE FEMME Louis XV : Madame de Flavicourt, marbre blanc.

127 — BUSTE DE FEMME : « Pour le Bal », marbre blanc.

128 — Buste de femme d'après Bernini (Galerie Uffizi, de Florence), marbre blanc.

129 — Statuette en bois sculpté présentant une sainte femme debout et drapée. France, XVIIe siècle.

130 — Statuette-applique en noyer sculpté: La Vierge et l'Enfant. France, XVIe siècle.

131 — Groupe en bois sculpté peint et doré. La Vierge et l'Enfant Jésus. XVIe siècle.

132 — Haute statuette en bois sculpté. La Vierge de l'Annonciation. Nord de la France. XVIIe siècle.

133 — Petit groupe en pierre tendre. La Vierge et l'Enfant Jésus. France, XVIIe siècle.

134 — Statuette en pierre dure. Le Donateur. France, XVe siècle.

135 — Statuette présentant une vierge assise, pierre dure. Travail du Nord de la France, XVe siècle.

135 *bis* — Panneau en bois de tilleul sculpté présentant un nid d'amour. Deux colombes jouent sur un nid. Signé et daté de Briand, à Dijon.

BRONZES, STATUETTES

FLAMBEAUX

136 — Paire d'appliques à un bras de lumière en bronze ciselé. Style Louis XVI.

137 — Paire d'appliques à deux lumières en bronze ciselé. Epoque Louis XV

138 — Deux flambeaux de style rocaille, ornemanisés de fleurs et d'insectes, bronze ciselé et doré. Epoque Louis XVIII.

139 — Deux flambeaux en bronze ciselé et doré, fûts droits, décor à draperie. Epoque Directoire.

140 — Deux flambeaux bouts de table à trois lumières en bronze ciselé et doré. Epoque de la Régence.

141 — DEUX FLAMBEAUX à figurines d'amours en bronze à patine brune portant des branches porte-lumières.

142 — MODÈLE DE FLAMBEAU en bronze ciselé et argenté, perlé et feuille d'eau. Epoque Louis XVI.

143 — FLAMBEAUX DIVERS des époques Louis XVI et Empire en bronze ciselé, doré et argenté. (A diviser).

144 — PAIRE DE CHENÊTS Louis XVI en bronze ciselé et doré, galerie à motifs ornemanisés et vases de flammes.

145 — STATUETTES porte-lumières, figurines de femmes drapées à l'antique. Bronze à patine brune. Modèles originaux de PRADIER.

Haut. : 0m23.

146 — DEUX FLAMBEAUX CASOLETTES en bronze ciselé et doré en forme de trépieds avec mascarons et guirlandes, socle en marbre blanc. Epoque Louis XVI.

147 — DEUX VASES brûle-parfums en bronze à patine brune et ornements perlés dorés au mercure.

148 — DEUX PETITES STATUETTES allégories des saisons, bronze à patine brune sur terrasses également en bronze ciselé. (Époque de la Régence).

149 — DEUX CASOLETTES. Epoque Louis XVI, marbre lapis lazulli monté de bronze ciselé et doré, base carrée à tors de lauriers, à têtes de béliers, le couvercle surmonté d'une pomme de pin.

Haut. : 0m26.

150 — GROUPE de deux bacchantes en bronze doré de RAINGO d'après SALMSON, socle en marbre.

151 — GRAND CARTEL en bronze ciselé forme écusson. Le cadran surmonté d'un mascaron à tête de femme est supporté par deux statuettes d'enfants allégoriques, posés sur une base feuillagée à tors de lauriers.

152 — Grande jardinière en bronze doré formée par une corbeille supportée par deux cariatides d'enfants se terminant en queue de poisson et tenant des guirlandes de fleurs, fond simulant la vannerie, décor à enroulements, coquilles et fleurs.

153 — Pendule en bronze doré de style Louis XVI décor à vase et mufles de lions.

153 *bis* — Lustre en bronze à vingt-quatre lumières.

153 *ter* — Paire de flambeaux en bronze argenté. Époque Louis XIII.

154 — Paire de grands et beaux candélabres à six lumières en bronze ciselé et doré de style Louis XV.

155 — Deux flambeaux religieux en dinanderie, bases rondes appuyées sur trois lions assis. xve siècles.

156 — Flambeau d'église en dinanderie. xve siècle.

157 — Petit christ en bronze. Epoque bizantine.

MEUBLES

158 — Table dite de bouillotte de l'époque Louis XVI en acajou avec ceinture de cuivre.

159 — Deux consoles d'entre-d'eux de fenêtres, bois sculpté et doré de style Louis XVI, dessus de marbre.

160 — Glace miroir de style rocaille en bois sculpté et doré.

161 — Table de toilette de l'époque Louis XVI dite Poudreuse en acajou, pieds canelés garnitures en bronze.

162 — Commode de l'époque Louis XV en bois de noyer au naturel, avec poignées et entrées en bronze, dessus de marbre rouge veiné ancien.

163 — Petit guéridon Louis XVI sur colonne canelée et trois pieds sphynx, tablette ronde en marbre avec entourage à galerie en cuivre.

164 — DEUX FAUTEUILS Louis XVI, bois anciens sculptés et dorés, couverts en tapisserie d'Aubusson à décor de fleurs enrubannées en camaïeu.

165 — DEUX CHAISES DE STYLE LOUIS XIV accompagnant les deux fauteuils ci-dessous.

166 — DEUX TRÈS BEAU FAUTEUILS de style Louis XIV en noyer trè finement sculpté et recouverts de tapisserie au point des Gobelins, présentant des sujets tirés des fables de LAFONTAINE et au dossier des personnages de la comédie italienne dans des encadrements du style de BÉRAIN.

167 — COMMODE de l'époque Louis XV en bois de placage avec ornements à filets, garnitures poignées chutes et entrées en bronze ciselé, dessus en marbre.

168 — CONSOLE de l'époque Louis XV en bois sculpté, dessus de marbre porphyre rosé.

169 — PETITE COMMODE à deux tiroirs de l'époque Louis XV en marqueterie de

bois de couleurs fileté, garnitures en bronze, sabots, poignées et chutes, dessus de marbre rouge.

170 — Petite table dite à éventail en noyer sculpté, ornements à feuilles d'acanthes et rinceaux doubles colonnes et balustres. Meuble de l'école d'Androuet Ducerceau vers 1650. (Vente d'Abzac).

Long. : 1m10; Larg. . 0m77.

171 — Beau meuble a deux corps et à quatre portes en noyer plaqué de racine d'olivier, avec fronton à moulures évidées et soutenu aux coins par des aigles sculptés, les portes flanquées de colonnes torses. (Ecole de Lyon, fin du xvie siècle).

172 — Grande glace à encadrement de bois sculpté et doré à rosaces au milieu d'enroulements, fronton à carquois et torche enflammée placés au milieu d'une couronne de fleurs se terminant en guirlande, style Louis XVI.

173 — Belle glace, cadre sculpté et doré dessin à volutes et feuillages sur fond de glace, fronton à coquille fleurie et guirlandes de fleurs. Style Louis XV.

174 — Deux tabourets Louis XVI en bois sculpté garnis en soie.

175 — Deux fauteuils Louis XV en bois sculpté garnis en soie brochée.

176 — Meuble argentier en noyer sculpté orné de glaces.

177 — Marquise en bois sculpté de style Louis XVI garnie en soie brochée.

178 — Console en bois sculpté et laqué de style Louis XVI.

179 — Petit chiffonnier en acajou et cuivre.

180 — Petite table de nuit forme Louis XV à dessus de marbre.

181 — Piano en bois noir de Vigen

182 — Trois consoles de style Louis XV en bois sculpté peint blanc.

183 — Lutrin en palissandre sculpté.

184 — Belle cheminée en noyer sculpté de style Louis XV, l'entablement à contours,

forme console à dessus de marbre, bandeau à large coquille centrale, montants à fleurs et ornements, supporte une glace à encadrement sculpté, dessin à volutes et guirlandes de fleurs, surmontée d'un trumeau décoré d'un sujet pastoral : La Leçon de flûte.

185 — Décoration de baie ou de fenêtre en noyer sculpté à rocailles et guirlandes de fleurs de style Louis XV. La partie supérieure, en forme de galerie, est décorée au centre d'un trumeau peint représentant la promenade en traîneau ; de chaque côté sont des étagères formées par des consoles renversées.

186 — Grande galerie en bois sculpté et doré de style Louis XV, décor à feuillages et coquille.

187 — Commode Louis XVI forme demi-lune en marqueterie de bois, ornée de bronzes, dessus en marbre brèche.

188 — Petite table forme rognon Louis XV à tablette d'entre-jambes en bois de cam

phrier, ornée de bronzes, dessus en marbre rouge.

189 — Tabouret carré supporté par quatre têtes de chimères dorées, garni en velours frappé jaune.

190 — Meuble a hauteur d'appui en bois satiné et marqueterie, bronzes d'entourage et anneaux ciselés, portes sur les côtés.

191 — Petite table vide-poche en marqueterie de bois de rose, à sujet Louis XVI, bronze ciselé.

192 — Commode en acajou ornée de bronzes.

193 — Lit en acajou orné de bronzes.

194 — Secrétaire en acajou ornée de bronzes.

195 — Console en bois sculpté et doré.

196 — Console de forme contournée en bois sculpté peint blanc et doré sur quatre pieds reliés par une entrejambe a corbeille de fleurs, bandeau à têtes de fem-

mes ailées et de grotesque, dessus en marbre, fleurs de pêcher.

197 — Grand guéridon de forme octogonale en bois noir et marqueterie de cuivre, moulures en bronze ciselé et doré, posé sur un pied triangulaire à colonnes torses détachées et orné de bronzes.

198 — Meuble de salon de la fin de l'époque Louis XIV, composé d'un canapé et de huit fauteuils en noyer recouverts de tapisserie dite au point. Les sièges avec des sujets animés et les dossiers à petits personnages présentant des scènes bibliques.

TAPISSERIES

199 — Six petits tapis d'Orient.

200 — Portière en ancienne tapisserie, verdure à figure de chien poursuivant des canards.

201 — Panneau en ancienne tapisserie à figure d'oiseau dans un paysage.

202 — Tapisserie du XVIIIe siècle représentant Orphée et Eurydice. Bordure à guirlandes de fleurs et ornements.

203 — Panneau en ancienne tapisserie représentant, dans un paysage, une femme entourée de soldats.

204 — Tapisserie française de l'époque Louis XIV. Composition de nombreuses figures présentant le triomphe de Darius. Bordures décorées d'attributs guerriers, faisceaux et armures.

205 — Belle tapisserie franco-flamande de l'époque gothique. Composition de vingt figures qui présentent le Temps conduisant la Fortune, la Science, la Gloire, la Charité et la Vérité. Atelier d'Arras vers 1467. Provient de l'ancienne abbaye de Thorigny.

Haut. : 3m30. Larg. : 3m60.

206 — Objets non catalogués.

IMP. MÉNARD ET CHAUFOUR, PARIS.

www.ingramcontent.com/pod-product-compliance
Ingram Content Group UK Ltd.
Pitfield, Milton Keynes, MK11 3LW, UK
UKHW020529180726
13839UKWH00005B/2398